Brilla, brilla, linda estrella

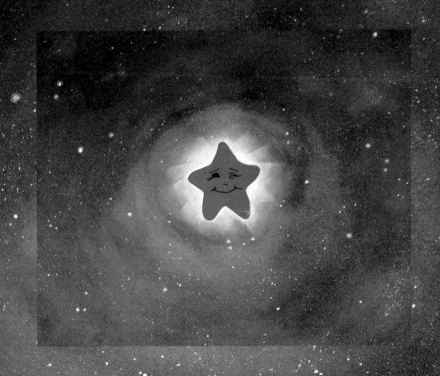

Brilla, brilla,
linda estrella

Relatado e ilustrado por
Iza Trapani

Traducción de
Georgina Lázaro

🐺 Whispering Coyote
A Charlesbridge Imprint

Gracias a Anne Marie por abrirme la puerta,
y a Lou por dejarme entrar.

A **Whispering Coyote** Book
© 2003 by Charlesbridge Publishing. Translated by Georgina Lázaro
Text copyright © 1994 by Iza Trapani

Published by Charlesbridge
85 Main Street
Watertown, MA 02472
(617) 926-0329
www.charlesbridge.com

Library of Congress Cataloging-in-Publication Data
Taylor, Jane, 1783–1824.
[Twinkle, twinkle, little star. Spanish]
Brilla, brilla, linda estrella / written and illustrated by Iza Trapani.
p. cm.
Originally published in English: Boston: Whispering Coyote Press, ©1994.
Summary: An expanded version of the nineteenth-century poem in which a
small girl accompanies a star on a journey through the night sky,
examining both heavenly bodies and the earth below.
ISBN 1-58089-092-X (softcover)
1. Stars—Juvenile poetry. 2. Children's poetry, English—Translations into Spanish.
[1. Stars—Poetry. 2. English poetry—Translations into Spanish. 3. Spanish language materials.]
I. Trapani, Iza, ill. II. Title.
PR5549.T2 T8718 2003
821'.7—dc21   2002007821

Manufactured in China
(sc) 10 9 8 7 6 5 4 3 2 1

Display type and text type set in University Roman and Windsor
Printed and bound by South China Printing Company
Book production and design by The Kids at Our House

Para Aimee, Kyle, Rebecca, y Sophie—
algunas de las estrellitas más brillantes que conozco.

Brilla, brilla, linda estrella.
¿Qué te hará lucir tan bella?
En el cielo tan distante
me pareces un diamante.
Brilla, brilla, linda estrella.
¿Qué te hará lucir tan bella?

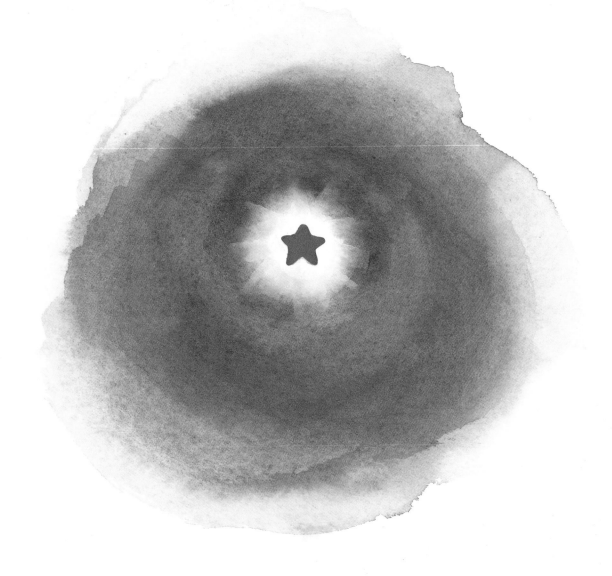

Brilla estrella luminosa
que parpadea graciosa.
Quisiera en un ágil vuelo
ir a visitarte al cielo.
Sería mi felicidad,
mi sueño hecho realidad.

Tu deseo se ha cumplido.
Mi niña, ya estoy contigo.
Ven, que yo seré tu guía
y magia la travesía.
Verás y harás tantas cosas.
Será una aventura hermosa.

Por la ventana saldremos
y los cielos cruzaremos.
Volaremos a la luna
donde nadie finda cuna.
Más arriba que un...
más allá iremos...

Mira, niña, alrededor;
allá la Luna, allá el Sol.
Los planetas, cuéntalos.
Uno a uno, nómbralos.
Unos grandes, otros no.
Todos dan vueltas al Sol.

La Tierra es una visión.
Mírala con emoción.
Cuando en un lado está el Sol
por el otro brillo yo.
Mi misión es alumbrar
y a todos mi luz brindar.

Si algún barco se ha perdido
yo lo oriento con mi brillo
De mí podrá depender:
al puerto lo guiaré
Y al hombre que solo viaja
lo llevaré hasta su casa.

Por dondequiera que miro
voy derramando mi brillo.
Sobre pueblos, sobre campos,
sobre niños tan amados.
Me gusta ver cómo crecen
mientras mi luz resplandece.

Mira abajo tú también.
Dime lo que puedes ver.
Veo perritos en sus camas
y un caballito en su cuadra,
pajaritos en su nido
y niños que se han dormido.

Sí, es muy tarde. No hay cuidado.
Nuestro viaje ha terminado.
A tu hogar te llevaré;
desde allí me podrás ver.
No estés triste que con celo
te alumbraré desde el cielo.

Brilla, brilla, estrella mía.
Cuídame en la lejanía.
Te ofrezco mi gratitud
por tu magia y por tu luz.
Nunca dejes de brillar,
ni de ser tan especial.

Brilla, brilla, linda estrella

Bri - lla, bri - lla, lin - da es - tre - lla. Qué te ha - rá lu - cir tan be - lla.

En el cie - lo, tan dis - tan - te, me pa - re - ces un di - a - man - te.

Bri - lla, bri - lla, lin - da es - tre - lla. Qué te ha - rá lu - cir tan be - lla.

2. Brilla estrella luminosa
que parpadea graciosa.
Quisiera en un ágil vuelo
ir a visitarte al cielo.
Sería mi felicidad,
mi sueño hecho realidad.

3. Tu deseo se ha cumplido.
Mi niña, ya estoy contigo.
Ven, que yo seré tu guía
y magia la travesía.
Verás y harás tantas cosas.
Será una aventura hermosa.

4. Por la ventana saldremos
y los cielos cruzaremos.
Volaremos a lugares
donde no llegan las aves.
Más arriba que un avión,
más allá iremos tú y yo.

5. Mira, niña, alrededor;
allá la Luna, allá el Sol.
Los planetas, cuéntalos.
Uno a uno, nómbralos.
Unos grandes, otros no.
Todos dan vueltas al Sol.

6. La Tierra es una visión.
Mírala con emoción.
Cuando en un lado está el Sol
por el otro brillo yo.
Mi misión es alumbrar
y a todos mi luz brindar.

7. Si algún barco se ha perdido
yo lo oriento con mi brillo.
De mí podrá depender;
al puerto lo guiaré.
Y al hombre que solo viaja
lo llevaré hasta su casa.

8. Por dondequiera que miro
voy derramando mi brillo.
Sobre pueblos, sobre campos,
sobre niños tan amados.
Me gusta ver cómo crecen
mientras mi luz resplandece.

9. Mira abajo tú también.
Dime lo que puedes ver.
Veo perritos en sus camas
y un caballito en su cuadra,
pajaritos en su nido
y niños que se han dormido.

10. Sí, es muy tarde. No hay cuidado.
Nuestro viaje ha terminado.
A tu hogar te llevaré;
desde allí me podrás ver.
No estés triste que con celo
te alumbraré desde el cielo.

11. Brilla, brilla, estrella mía.
Cuídame en la lejanía.
Te ofrezco mi gratitud
por tu magia y por tu luz.
Nunca dejes de brillar,
ni de ser tan especial.